永遠じゃないから

庵樹 *Anjyu*

文芸社

片想いの詩《うた》

私の優しさは
あなたから生まれる

心にあいた空洞を
埋められるのは
君なんだ

一度　表に出して
しまった想いは
堰《せき》をきったように
次から　次へと
溢れ出て
私を苦しめる

気持ちを打ちあけた
後にできた彼女

その意味は？

心の中の迷いを消すには
どうすればいいのだろう
想う人は　ただ一人
一生ありえない両想い
どんなに想っても届かない
永遠の一方通行
こんなにも強く想える人と
出会えただけで幸せだ
私は幸せだ
消せない想いは無理に
消す必要はないんだよ
そのままで　このままで

もしも今
世界が滅びてしまうなら
一つだけでいいから
願いを叶えて

大好きなあの人と
手をつないで歩きたい

夢を見た
私は彼と手をつなぐ
親しい友人の中を二人で歩く
現実にはありえないから
見せてくれたのか
もしそうなら
なんて残酷な夢だろう
私の想いはいつまでたっても
消えない

もう二度と　会わない
もう二度と　泣かない
もう二度と　想わない
もう二度と　望まない
もう二度と
思い出したりはしない

神様への手紙

誰に伝えればいいのか
伝えたい気持ちは
たくさんあるのに
伝える相手がいないのです。
だから、神様
あなたに手紙を書くことを許して。

ねぇ　神様
私の欲しいものすべてが
遠い海の向こうにあるのは
なぜですか？

誰をも引きつけるものを
私にくれなかったのは
なぜですか？

私は自分にないものが
欲しくて　欲しくて
いつも心の中は真っ黒です。

大好きなあの人と
結ばれる日はきますか？

私がこんなにも醜くなければ
きっと　もっと
勇気が出せるのに。

時は流れて行きます。
待ってはくれません。
こんな残酷なことを
決めたのは
あなたですか？

彼と永遠に
結ばれないのなら

私は永遠に
想い続けるよ

心の叫び

あっけなく今日が終わる
なんの充実感もなく
今日が終わる
こんなものかな　人生って
こんなにも空洞なのかな
生きることは
何をしてもうまくいかない日々
なんだかよく分からない毎日
前に進んだよね　少しは
進む努力をしたはずなのに
一歩も進んでいない気がする

自分が今
何をしているのか
何に向かって
生きているのか
分からなくなった

ここにいる自分は
ちっぽけで
無力だ

私に力が
あるのかな？

いつからだろう　心から
笑えなくなったのは
いつからだろう　人を
信じられなくなったのは

眠いのに
眠りたくないと思う夜
なぜだろう？

心に潤いが
欲しい

私は笑顔を
子供時代に
おいてきてしまった

自分がそれほど
頭が良くないこと
スタイルが良くないこと
優れたものがないこと
認めたくないことは
山ほどあって
そういう現実に
ぶつかる度に
心は泣いて
叫ぶのだ

逃げたい気持ちと
逃げ出せない現実

私の中に穴ができる
真っ黒な穴ができる
それはたくさんで
大きく広がって　くっついて
穴だらけの私は
どこを埋めたらいいのか
分からずに
穴はあいたまま
冷たい風を通す
埋めても　埋めても
穴は広がって
最後に私はいなくなる

自分が
何のために生まれて
きたのか
考えたことが
ありますか？

人の生が永遠なら
今の不安も消えるだろう

大人になると
時間の価値が
下がっていく

大きな人になりたい
小さなことを気にしない
大きな人になりたい
臆病者じゃなく
どんな扉も開ける
強い人になりたい
何かに脅える生活から
ぬけだしたい

こんなところで
止められないと
邪魔をする
私のプライド

常識を知ると
人間《ひと》って小さくなる

自分の中の
何かと葛藤する毎日

思い切りのない自分が
今の苦しみを
生んでいるのだろうか

善には善を

悪にも善を

何かが私を待っていて
いつか　それと
出会うのを待つ自分

自分で踏み出さなかった
一歩

自分を決めつけるな

心に傷を負った
時は過ぎた
何故傷を負ったのか
忘れてしまっても
傷の痛みは
今も鈍く残っている

素直に涙を流せたら
もっと素直に笑えたら
気持ちを伝えることは
年を重ねるごとに
むずかしくなる

きれいな心を持ちたい
人を思いやれる人に
なりたい
醜い感情を
消し去りたい
いつでも優しい人で
ありたい

他人の存在を認めて
自分の存在も認める
ことができたなら
君はひとつ大きくなる

私を励ますために出てきた
偽りの言葉達は
いつか
真実の言葉になれる日を
待っている
さぁ
顔を上げて
元気を出して

昔の私に
私は負けない

これをしていれば
あれをしていれば
過ぎた時は戻らない
けれど
過去を振り返る
そんな時
未来を描いてみる
あれをしよう
これをしよう
きっと心が弾み出す

ジャリ道を歩く音は
わくわく　ドキドキ
ちょっと昔を思い出す
心地よい
懐かしい音色

夜が明けて
微かに映る
月の光

空に残された夜の
なごりだろうか
その儚さに
胸がしめつけられる

優しい風に出会ったら
目を閉じて
少しだけ
風の音を感じてみる
すると　なぜか
私の心は大きな
安らぎに包まれる

若さが永遠ならと
願うけど
永遠じゃないから
価値のあるものもある

私は知ってるんだ
中途半端に動くと
中途半端な答えが
返ってくること

暗い土の中から
アスファルトをも突き破る
雑草の魂を
私の中に見つけた
何があっても
私は大丈夫

何気ない日々の中に
大切なことは
隠れている

君の心が分かる
唯一の人
それは君自身

今まで出会った
たくさんの人達は
私の勇気です。
一人が欠けても
今の私はありません。

久しぶりに見上げた
空は
雲ひとつない澄んだ
青空で
私の心は前を向く

著者プロフィール
庵樹（あんじゅ）
1981年12月28日、宮崎県生まれ。

永遠じゃないから

2003年6月15日　初版第１刷発行

著　者　庵樹
発行者　瓜谷 綱延
発行所　株式会社文芸社
〒160-0022 東京都新宿区新宿１－10－１
電話 03-5369-3060（編集）
03-5369-2299（販売）
振替 00190-8-728265

印刷所　株式会社平河工業社

ISBN4-8355-5778-6 C0092